大兴安岭的星光下

冯 茜 著

中国言实出版社

图书在版编目（CIP）数据

大兴安岭的星光下 / 冯茜著 . — 北京 : 中国言实
出版社，2025. 4. — ISBN 978-7-5171-5097-8

Ⅰ . I227

中国国家版本馆 CIP 数据核字第 2025WY4649 号

大兴安岭的星光下

责任编辑：朱　悦
责任校对：张　朕

出版发行：中国言实出版社

地　　址：北京市朝阳区北苑路180号加利大厦5号楼105室
邮　　编：100101
编辑部：北京市海淀区花园北路35号院9号楼302室
邮　　编：100083
电　　话：010-64924853（总编室）　　010-64924716（发行部）
网　　址：www.zgyscbs.cn　　电子邮箱：zgyscbs@263.net

经　　销：新华书店
印　　刷：廊坊市印艺阁数字科技有限公司
版　　次：2025年7月第1版　　2025年7月第1次印刷
规　　格：880毫米×1230毫米　　1/32　　4.875印张
字　　数：98千字

定　　价：58.00元
书　　号：ISBN 978-7-5171-5097-8

《新时代诗库》编委会

新时代诗库

冯茜，重庆人，中国作家协会会员，鲁迅文学院第46届高研班学员，重庆文学院第五届创作员。作品发表于《人民文学》《中国作家》《诗刊》等文学刊物。出版文集《弄花香满衣》，散文集《掬水月在手》，诗集《纯蓝》《星空下的冰达坂》。获得首届李季诗歌奖。

目 录

CONTENTS

第一辑　鹿背上的少女

鹿背上的少女　　　　　　　3

鹿命　　　　　　　　　　　5

落日下的驯鹿　　　　　　　7

落单的鹿　　　　　　　　　9

雪地鹿影　　　　　　　　　11

鄂温克族的驯鹿　　　　　　12

寻鹿　　　　　　　　　　　13

失败之鹿　　　　　　　　　14

驯鹿的角　　　　　　　　　15

驯鹿之眼　　　　　　　　　16

童话里的雪鹿　　　　　　　18

驯鹿营　　　　　　　　　　20

朝圣的鹿　　　　　　　　　21

回头鹿　　　　　　　　　　23

白描的鹿　　　　　　　　　24

哭泣的小鹿　　　　　　　　25

驯鹿踏雪　　　　　　　　　26

呦呦鹿鸣　　　　　　　　　27

西岭之鹿　　　　　　　　　29

飞跃小溪的雪鹿　　　　　　31

拉着雪橇的驯鹿　　　　　　32

鹿唇停在石蕊上　　　　　　33

鹿之吻　　　　　　　　　　34

雪鹿在雪中是雪的本身　　　35

雾凇下的鹿铃声　　　　　　36

第二辑　大兴安岭的星光下

大兴安岭的星光下　　　　　39

阿尔山的雾凇　　　　　　　40

暴雪来临　　　　　　　　　41

小哨兵树　　　　　　　　　42

不冻河　　　　　　　　　43

水中牧场　　　　　　　　44

鄂温克人的村庄　　　　　45

桦树皮　　　　　　　　　46

桦皮船　　　　　　　　　47

柳兰花开在悬崖边　　　　48

雪山下的撮罗子　　　　　49

鹤羽上的阿尔山　　　　　51

阿尔山的早春　　　　　　52

不冻河的清晨　　　　　　53

雪停，第三日　　　　　　54

寒风吹过奥克里堆山　　　55

雪落根河　　　　　　　　56

铃铛的和声　　　　　　　57

根河的日出　　　　　　　58

阿尔山的月亮　　　　　　59

夜空中消失的星　　　　　60

泰加针叶林的清晨　　　　61

树林中的歌声　　　　　　63

受伤的雪雀　　　　　　　64

蝴蝶之死　　　　　　　　65

孤独森林   66

雪落大岭   67

萨满山的冰凌   68

雪的下落   69

森林因为寂静而打开   70

野杜鹃的山坡   71

寂静的烟雾   73

森林的眼睛   74

断崖的晨光中   75

白狼峰下的夜晚   76

莫日格勒河边的羊群   77

森林边的清晨   78

流光   80

冰河上的风   81

第三辑　生活在白云之下

生活在白云之下   85

一条通往月亮的路   86

最后的驯鹿人   87

那米尔的鹿群   88

木其格和鹿　　　　　　　90

乌日娜的清晨　　　　　　91

驯鹿精灵娜思塔　　　　　92

哈拉奇的正午　　　　　　93

敖鲁古雅喂鹿人　　　　　94

极寒中的猎人　　　　　　95

捕鱼记　　　　　　　　　96

神鹿的女儿　　　　　　　97

把黄昏烧成草木灰　　　　99

一声"喂"　　　　　　　101

仿佛听懂了两种语言　　　103

肖良库寻鹿　　　　　　　104

食盐撒在雪地上　　　　　105

做豆饼　　　　　　　　　106

娜思塔喂鹿　　　　　　　107

鹿奶列巴　　　　　　　　108

古木森的早晨　　　　　　109

冰河捕鱼　　　　　　　　110

娜思塔的祷告　　　　　　111

夜色中的布冬霞　　　　　112

系鹿铃　　　　　　　　　113

鹿图腾 115

守山 117

取木灰 119

丛林中的杜拉尔 120

老猎手的雪夜 121

柳芭和新月 122

少女的银发梳 123

凿冰 124

煮雪 126

山中露宿 127

打盹的钟尼娜 128

古木森取水 129

山谷中的鹿铃声 131

雪落十八站 132

散养鹿 133

鹿群中的乌日娜 134

吹口哨的瓦连 135

九十二岁的心里仍有篝火燃烧 136

娜思塔的腰铃 137

从原始森林打出的电话 139

雨果索抚摸鹿背 140

第一辑

鹿背上的少女

鹿背上的少女

雪花洒在冬月初一的寂静里
鹿背上的鄂温克少女
是从阿尔山深处撤离的风
她任意驰骋
显然蓄谋已久

嘶鸣声穿梭在云朵和大树之间
远方白狼峰震动，她回头
眼神中森林大面积倾斜
像是要朝着镇子的方向
倒伏下去

大鸟测试着天空的高低
和泪水的深浅
整片的暮色堆在天际线
太美的意境是她的险境
今晚的野狼
在她判断力的边界之外

鹿抬头，用角抵进空旷
它的体内住了四百年的霜雪
从蹄下扬起，肆意的日子又来临了
雪野之中
少女驱赶着一大片阴影朝着黄昏疾驰

鹿命

哈克衔着转青的苔藓

跑进坚硬森林

它踏过零星的冰雪，用唇齿

探知大地的布局

化雪的第三日，红云是最后的火焰

哈克在小径上缓缓走着

族群越来越小了，它的旷野却越来越大

不慎消失的同伴

再也寻不回来

仿佛它们有更为辽阔的去处

只是不愿意告诉哈克

怎么才能成为永恒

鹿身蹲伏在山泉水边

像一粒低调的音符

它走过草原，抚摸先祖的蹄印

古老的灵魂露水般颤动

哈克回头望去

确定山峰和星空都完好无损

才低头踏出新的蹄印
云杉林中，鹿鸣若有若无
天空的回响若即若离

落日下的驯鹿

傍晚为雪山送去一顶金冠
你多看的两眼
令挂在鹿角上的落日
晃动不已
银子做的念头散开
落在驯鹿的背上
有一层接近于透明的毛发
在和峰巅争光

犄角仿佛从魔法中生出
除非你把月光当成刀子
才会停止想象力的发育
兽的本性，在最温柔的眼眸里
化作缥缈之物
只有纯净到毫无内容
才能填写巨大的空洞

小鹿羞涩却不惊慌

它扬起蹄，轻轻踢踏
柔软的唇紧贴冰凉大地
随即甩一甩脖颈
将自身的火焰掷到雪山上

落单的鹿

月亮和大地同时出现的时候
一只鹿正踏着溪流前行

在阿尔山
造物者在虚空中另设了许多山谷
鹿群在其中一闪而过
落单的鹿
只能用鹿茸顶着其中一座空山
缓慢前行

它停了停，视线低垂
良久，才从阴影中起身
嘴里咀嚼着苔藓
仿佛唯有这静默的食物
才能让心脏瞬间收紧

它再次出发
一串鹿铃声在浓稠的夜雾里响起

这铜质的打击乐
加重了森林的孤独

雪地鹿影

鹿站在雪地里，影子像盛开的花

冻土之下，藏着嫩绿苔藓

它们被寒冷收走

静贴在雪的反面，描摹鹿的倒影

这使美增加了一倍

阳光正好的上午，一副壁画被冻在地面

像一个悲伤的过失，良久

才随着清晰的鹿鸣斑驳脱落

此时若有大风经过

脱落的碎影，会在鹿蹄下轻晃三次

连同风声一起

被刮到另一片雪地上，重新结晶

鄂温克族的驯鹿

驯鹿在夜里走进雪地
把漆黑的夜踏出银色的光
它们的角朝向密林深处
那是鄂温克的老林子，鹿才知晓的地方

苔原的空地上，风渐渐弱了
猎人们搭起炉灶，嘶嘶地烤火
他们的祖先曾和鹿一起守夜
守着树林东边发生的所有故事
老族长扬起手，喊出古老的暗语
鹿群立刻朝山岗涌去
石头的背后，藏着最鲜嫩的苔藓和蕨类

一只受伤的鹿被小姑娘阿雅娜留下了
灰棕色的背部还流着血
它在篝火的阴影中温顺地俯卧
雪山在它的目光中沉沦

寻鹿

养鹿人的听觉已达极限
鹿铃声在半空中结出白霜
炙热的呼吸想要将岩石撞碎
风，轻描淡写地一挡
森林碎裂了，冰针四散甩落

红豆秧侧倒的痕迹
暴露了鹿群经过的方向
那头带着绿项圈的小鹿，蜷缩在寒意里
它颤抖着紧依树干，月光也晃动起来
哀鸣随之缥缈

良久，它睁开眼睛
瞳孔中烧着黑色的火焰
那火焰收留了天空和主人的倒影
它咽喉中的祈祷清晰而湿润
星光繁密，陌生的草籽洒满了回家的路

失败之鹿

阳光被树叶切成碎片
在驯鹿的角斗场上，均匀摊开
体型高大的失败者倒下了
神态状若小童
它分辨出风向，发着黄昏的低烧

鹿角带血，燃烧着地面
漫长的寒冷降临了
雪粒勾勒着生灵的轮廓
将鹿的眼神，变成两片极薄的冰晶碎片
随着鼻尖微弱的热气
渐渐融化成一丝颤抖的微光
桦树穿着圣者的白袍朝它俯下身来

驯鹿的角

驯鹿的角在星光和雨雪中生长
夏季里，它们保持干燥并向前屈伸
直到在某个春天里脱落
那是鹿身体上最坚硬的部分
沟痕遍布，颜色几近烟黑

柔软的鹿茸是襁褓中的孩子
向新而生，复刻着傲骨
新的角，会增加一个分叉
仿佛是时间在不断发育

风雪夜，老族长端坐炉前
影子却静下来
成为冒着青烟的木炭

驯鹿之眼

大岭笼罩在晨曦中
驯鹿的眼里满是液态的黄金
眼神古老
仿佛早在森林之前
就照看着大兴安岭
眼窝深处，桦树皮灰白如骨
苔藓爬满岩石

它们徐徐上山，想看看
晴朗的雪峰怎样睥睨众生
树木、河流和村庄
都覆盖着化不开的白
只有这个鹿群
才能把积雪内的热气吻出来

可我见到的眼睛
正在变得幽蓝
树枝挂在天空上

让我觉得有一支无法命名的大笔
正在描摹它们最柔软的身体

驯鹿们渐渐合上眼，关闭瞳孔
生怕惊扰到雪的反光

童话里的雪鹿

那么多的雪在抄袭冬天
将虚无累积到足够多
山岗，已早早冬眠

雾凇带着树木出现了
一只回眸的鹿
被定格在漫天大雪里
随着错落的光斑逐渐老去
它沿着雪线行走
并穿过自己的影子
蹄印和鹿铃构建出完美的孤独

美人迟暮，云朵落在她的头顶
她把视线调亮
又迅速黯淡下来
羽毛缠绕着风
鲜美的苔藓覆盖木刻楞

她轻轻嚅动嘴唇，想要放生自己
随后久久地闭上眼睛
虚构了一次重生

驯鹿营

在漠河，星辰是被大雪救回的
其中一些星屑落在北地
就是鹿群

早起的驯鹿人瓦连，看到一丛丛鹿茸
被清晨的光圈锁定
并轻轻晃动

站起身的那只，顶走了夜空
可它并非领袖
它，只是一个好奇的孩子

移动身子的时候，我觉得
它的轻盈胜过了鹰羽
令我的思想在此刻完全无用

只有瓦连走过来时，它们才会重回
这个被确证的人间
并纷纷昂头，从神变回鹿

朝圣的鹿

它们从森林里出来，走向北方以北
走向春天以远
像一群没有理想的散仙
只有大雪知道
它们深藏的目的地在极光之下

每一个脚印都是叩问
只有极寒懂得朝圣者的苦行
匀速前进，不疾不徐
绝不把内心
暴露给外人

只有受到惊扰了，它们才会加速
躲过野狼后
它们又慢下来，依旧漫步
仿佛从未有过敌人

北方以北在一丛茂盛的鹿茸上
春天以远，在一片
无边的草原里

回头鹿

扭过脖子，回过头
索要老杨手里的一捧苔藓
他的手掌是刚好放得下鹿唇的，那片雪原

它是最俏皮的那只驯鹿
总会在老杨离开鹿群时撒娇
见老杨走远
它又迅速跑走，融入鹿群
令人分不出到底哪一只是它

当老杨再次召唤鹿群
绕过来，凑上来，露出黑唇
带着一身露水
像在讨要封赏的那只
一定是它，从主人那里
再次获得了垂怜

白描的鹿

鹿的背脊线，是最美的
没有任何人骑过
由于太过柔软
只有落日，才配得上它的优美

当暮色四合
它们的背，无一例外发出白光
身骨无一例外变得透明

像是暴雪预先来临
一群驯鹿要把自身所有秘密
交给人世

而鹿茸从头上画出寥寥几笔
无所用心地勾勒出了
北方的闪电

哭泣的小鹿

两只幼鹿伏在路边
身上盖着大雪和整个清晨
白色树林冷漠
赶走了鹿群和大片的煤山雀

一只小鹿半张口唇，轻声呜咽
另一只半合眼睑悄无声息
若不是它眼中的泪水如涟漪般散开
我会以为它只是在熟睡

它们靠在一起，相互听取
寒冬也在听，并准备取走一些东西
雪越积越高时，天离地面更近了
整个世界即将关上大门

直到啼哭声停止，时间停顿
它们的眼神才渐渐化开
定格在天空的方向
仿佛看见母亲在那些林木的上方

驯鹿踏雪

布冬霞的鹿群在傍晚时归来
扬起的雪落入草木
它们穿过雪天，查看整座森林
用鹿角找到浮世的开端

雪一落到地面就苏醒了
像是寒冷做的白骨，比影子还轻
鹿蹄下，一条松软的路
覆盖着大岭的谜底

布冬霞轻唤一声
鹿群开始小跑，柴垛变白了
雪雾不高不低地飘着
森林和天边显得深邃了许多

她转过头又看了看
地面上，寒风吹走了些枯草
却吹不走驯鹿的蹄印
尽管，它们看起来那样顺从

呦呦鹿鸣

悠长的声音从上古出发
尖细部分，是流星的末梢
高音区勾出空旷
类似天地中被虚构的部分

鹿的面容安详，如同善念
口唇微张，吐出一场雪崩的前奏
那声音在零星的雪花中闪烁
落在我的头顶，融化
变成这雪天和我共有的冷

柴堆上，积累了一个冬天的雪
纹丝不动，它们在沉睡
即使是鹿鸣和泉声也无法唤醒
它们等待阳光的降落，或是一阵风
拖着雪在冰冷的光芒中走动

这时，鹿鸣化身成一种仪式

唤来万物之神
把柴禾和太阳点燃
将青绿之色平铺在深谷之中

西岭之鹿

西岭的鹿群，携带着漫天大雪
从山冈上退出
整个冬天，都在疾速奔走
朝着未来迁徙

现在，它们站在微风下
轻盈地列队
我看见鹿的皮毛有些黯淡了
风雪咬住它们太久太久
有些雨，埋伏在雪中
一点一点收集被掩埋的苔藓
牧人吹响鹿哨
像一只尖叫的大鸟掠过我的头顶

鹿铃响起
两只刚出生的鹿羔抬起头
看着雪花缓缓下降
它的母亲跪卧在雪窝子里

舔着不谙世事的女儿
还有两只小鹿
在旁边无所顾忌地跳跃

飞跃小溪的雪鹿

鹿在飞，角在动荡，雪在整片整片变幻
一条小溪在人间的隐秘处
在阿尔山的胸襟里，永不冰冻
鹿，试飞，单飞，群飞
小心翼翼地飞，肆无忌惮地飞
雪大面积追来，像它们的仆从
阳光走失了一个上午
前途和后路都在扬起的蹄上
一纵一跃之间，森林轻轻摇晃
溪水咕噜，自说自话
像是祷词托起了雪国的驯鹿精灵

拉着雪橇的驯鹿

现在，世界是雪做的
杨树忘记生长，被装进雪雾里
将吹过来的风声放到最大

视线尽头，一辆驯鹿拉的雪橇
仿佛在空旷中飞，风很大
蹄声在响，银河在雪地上转弯

松软的新雪簌簌地塌陷
两只鹿跌倒了，它们倾斜着身体
似乎背负着笨重的童话
或是霜雾给出的陌生使命

左边的那只略有些迟疑
与同伴对视一眼
它们迅速地站起来，扒扒蹄
继续朝着填满风雪的命运飞奔

鹿唇停在石蕊上

驯鹿刨开冰雪
啃食雪地上的石蕊
像在练习一种特别的技巧

它们在冰雪的废墟上翻找
扒开生命中的错层
一边掩饰着贪婪食物的羞愧感
一边快乐如幼童
它们把整个世界拆开
变成碎冰和石蕊
用这安静中轻轻舔舐的声响
装满自己空寂的胃囊

柔软的鹿唇靠近雪地低语
吐出的白气无限温柔
它们用热量交换，索取
只为这世间最简单的幸福

鹿之吻

太阳从哈齐格掌心升起
云朵浮在天上
书刚读到扉页，时间就静止了
可金色晨曦依旧在缓缓移动

一只驯鹿站在他身边
侧着身看向远处空悬的光
它辨认了一下
那是鹿群消失的方向

那边的小树林里
它曾拥有过许多这样的清晨
还有很多星星般的夜晚
硕大的鹿角盛开在那样的寂静中

它走了过来，鹿唇轻触书页
哈齐格跟着动了动
他俩一起挪了挪位置
好让整个早晨完整地落在草地上

雪鹿在雪中是雪的本身

在山里，雪是不轻易停止的
当它累了，它就下得小些
或是挂在雾凇上
和冰凌一起，轻轻地晃

雪白的驯鹿站在树下
深蓝的眼睛看向空旷世界
年老让它的皮毛褪色
甚至，不再是一个奔跑者

它突然记起，在自己年轻时
曾见过幼年的雪
那样小的雪，虚弱地覆盖着树林
努力在自己头顶堆起一小撮白

一串松枝突然掉落下来，记忆中
瓦连的妈妈也有这样的动作
轻轻掸掉鹿背上的积雪
它便一跃而起，背着大片雪原奔跑

雾凇下的鹿铃声

阿妮玛将鹿铃藏进雪雾里
那声音清透，像鸟儿金色的嗓音
冻住的桦树林被敲碎了
音符做的小锤子在四处敲

山顶上，无数锯齿状的冰柱
俯瞰着行走的鹿群
到处都是大风转身的声音
像极了雪在极寒中卑微的后退

有时候，并不是山峦在决定一切
还要看大风和驯鹿的意愿
有些声音被合在一起
有些，则被风刮得很远

那些被刮到远处的铃声将雾凇震落
草丛里到处散落着森林的盔甲
阿妮玛伸出手，接住了
整座山谷里，那晶莹剔透的回音

第二辑

大兴安岭的星光下

大兴安岭的星光下

暮色降临，阿尔山坠入夜空

许多事都结束了，比如明亮的白天

残留的光将天幕点燃

烧出许多洞，都是星星的样子

我看见一只鹿从青草上跃过

无数夜色在后面追赶

内心的潮汐在露珠上不断起伏

它跳进星光的另一个侧面

天地安静下来

微风将门边的碎花瓣轻轻推开

屋内的小杜拉尔睡相甜美

有黄昏刚退出他的脸庞

有神祇正抵达他的微笑

阿尔山的雾凇

大雾安静降临，阿尔山闪着银光
风凝固在零下三十五度
挂在树上的冰雪，瀑布般悬停
你若有耐心，也能看清
自己呵护着的那块冰晶
湖泊静水也进入冬眠
桦树睁开眼睛，它们总在极寒时醒来
猎人身负柴禾，鹿皮靴踩在雪上
天渐渐被走黑了，岭上
真有笼罩万物的苍天

雪还在下，有些落在树枝上
雾凇轻轻晃动之后又稳住自己
就像是须发皆白的神灵
在一场安静的大雪中，忍住了怒意

暴雪来临

北方荒野，最坚硬的岩石也被冻裂
暴雪中，拾柴的人安静行走
他们并肩，如灌木般挤在一起
像一排灰荆棘，在呼啸之中移动

即便是遇见最大的暴风雪
鄂温克人也对方向了如指掌
尽管一切都被雪淹没了
也不能错误地活着

回到撮罗子[1]，巴合江卸掉柴禾
他坐在狍皮褥子上
守着火种，那是他一生的明亮
那些古老的、我们不知道的东西
让风吹得更响了，火苗微微晃动
燃得如同巴合江清澈的眼睛

---

[1]撮罗子，是鄂伦春、鄂温克、赫哲等民族的一种圆锥形"房子"。

小哨兵树

小哨兵树位于河谷低处，状若枯骨
它的盔甲，随着风向不断变色
顺风时白如初雪，逆风则黑若暗夜
河谷中，水流和冰雪对峙
破碎的声音掉进矮树丛，趴在积雪和泥泞里
新雪堆满树枝，成为雏鹰的栖身之所
那白色的身影一闪而过，犹如雪地的反光
余光中藏匿着雪枭的呐喊
又或是风造成的错觉
小哨兵树伸出木手指在风中微动
指向极寒之地，发出沙沙的声音
像是对神灵的祈祷，被冻结在喉头

不冻河

极光闪过漆黑天幕

撒下碎屑，变出冰原之河

衣衫褴褛的人，在两岸修剪不整齐的胡须

远远看去像是雾凇伫立

这时的苍茫显得局促

暴雪中，无数小火炉从地底升起

将这一段河床烤暖

森严的河面，雾气蒸腾

老猎手开始娓娓细述，部落里亘古久远的故事

此刻，清澈的河面映出峰峦的倒影

那多像阿尔山将巨剑举过头顶

劈开了河面

哈拉哈河便用温暖的水流

清洗着天神的坐骑

水中牧场

不冻河见过的雪太多了
零下三十度，所有的河流都静止
冰晶的棱面与光芒共生
唯有这一段，冰雪的魔咒凭空消失
流水开始减速，河底水草鲜绿
牛群在雪雾轻烟中觅食，前蹄轻点
仿佛身处安逸之所
白琵鹭掠过水面，啄开冰层的一角
来自星球深处的热量，破除了封冻死寂
刹那间，万物充满了灵性
上古的祷告汇成河流的吟唱
醇厚的生灵于此得到救赎

鄂温克人的村庄

树皮搭成的宫殿散落于山峦
鄂温克人的村庄跌落在鹿群铃铛里
清晨的天空还灰蒙蒙的
孩子们的眼睛星子般张开
鹿一样向北方张望
旋即没入朦胧的白雾

老人们燃起木柴，炊烟从小山丘后升起
细雪中的燃烧更加透明
鄂温克人最耐寒
身后的撮罗子被冰雪覆盖
完全融入山体
伊贺古格德山肩负深雪
静默地守护着刚刚苏醒的村庄

桦树皮

桦树皮躺在墙角听落雪
听鹿蹄走过泥泞
听狍子笑，火塘噼啪作响

夜深时，它长久地注视自己
将黧黑的夜色和油脂揉紧
沿着树干缓缓滑行
发出柔软的滴答声

月光下的桦树皮
在变身前夜寒星般闪耀
它露出内心的空舱，成为船
在水中度过薄薄的一生

桦皮船

在额尔古纳河水域
桦皮船将冬天轻轻荡开
流水卑微后退，灰色水鸟几不可闻
有时候，并不是水在决定一切
还要看船的意愿
要看它是否能装下辽阔
或者更多的词语

桦皮船出生在太阳的光芒里
冰凉北风吹得树影幢幢
渔人在光影里与船身一起晃动
像两个智者在无聊地玩耍
在他们共同的河流中
如同鱼一般自由

柳兰花开在悬崖边

春天缓缓往下滴水
透明花瓣在地上一层层绽开
密林里，每片树叶都是倒挂的伞
它们兜住风声和小径
在猎手们路过时面无表情
雨停在悬崖之上
整个山谷都在颤抖
一道强光从乌云中刺出
所有的水滴都在争抢阳光的祝福
崖边的一丛柳兰，攀登，开放
听从四季的律令，将自己清洗成
早行人沾满露水的样子

雪山下的撮罗子

圆锥形的窝棚与桦树对峙
树干压入地面，稳住自己的一生
兽皮围住庸常和隐秘
灰烬掩藏起火塘里的风声

这里坐过恋人和放牧的苦修者
经历过落日之后，每个人都风尘仆仆
倦意紧裹在身体内部
最明亮处的你们，低语时近乎嘶哑

这时候，人世间的烟火升腾而起
微尘出现在半空中，显得有些缥缈
烟和虚无一起经过我们
轻盈得像是在滑行

这不是一个真实的屋子
却蓄满了细节
比如那些依偎在角落里还没有融化的雪

正安静地守着家园和苔藓
接受着黄昏的加冕

鹤羽上的阿尔山

阿尔山收纳的冬天
足够把整座森林冻醒
它的积蓄是雪，攒满一片大湖
桦树枝，描摹出鸟迁徙的路线
我去过那个方向
途经水银做的夜晚和粗糙的正午
直到被野杜鹃阻止

灰鹤掠过云杉，用尾羽划出界线
冬天结束了
凌冰发出铁链断裂时的声音
阿尔山开始手足无措
它被幼芽打乱，怀疑所有干净的石头
直到雪都往反方向走了
草重新长出来，春天才有了证据

阿尔山的早春

我确认所有的野花都出现了

松叶湖上弥漫着雾

一滴露水凝聚在青草上

山峦闪着光芒

喧响中还有点暂时的冷

那是上一个季节留下的空信封

时间的源头被打开了

小兽们在温暖中苏醒

傍着巨石和河流，懵懂地微笑

不是喜，是蓄积已久的空洞

被剩下的叶子挂在柏树枝头，固执着不走

新芽摇晃，发出模糊的安慰

山林空荡荡的，只有新生和驱赶

风反反复复吹过来

它掠过蓬草，掠地上的薄冰

以舒展的状态经过我

并向所有嫩绿的事物致意

不冻河的清晨

鱼虾也没想到

水草不只属于它们

极寒关闭了自己，被暖意围困

我听见河床上的叫卖之声

许多蹄印属于鹿和牛马

或是大鸟的伪装

冰晶的光芒被收回了

迷离般瓦解，变成破碎的灯

水草将冷暖分开，盖住河底的小火

我听见光在清晨时复燃

幽微和汹涌，观察着每一只走兽

事实上，他们是我的同谋

我们一起饱含善意地看河

那里水面空旷

清晰倒映着天宫的牧场

雪停，第三日

清晨占据了根河大部分的美
向前走，是北地的暮春

村庄还是轮廓，未见烟火
我是旁观者，正行走在庸常之中
化出的道路放慢了速度
和灰雾交织在一起，隐藏起早行人
林间的小兽懵懂地开始冲撞
清脆的声音逐渐拆开雾气
白鸟研究着它的天空
任由明亮的事物在彤云间出没
我在杉树下打量它的喜悦
那是一种空旷的语言
雪开始融化了
借着朦胧的微光重塑信仰
枝头仍有冰屑散落，它们是冰冷的流浪者
那紧守着命运的样子，与我何其相似

寒风吹过奥克里堆山

沿着雾凇往右走，天显得很高
雪停了，寒冷却没有
阳光做的金箔顺着奥克里堆山洒开
扫过我的前额，钻心的烫
冷是最灼人的东西
小叶樟就被灼伤过，柴桦
绿苔和小草甸都为此丢失过灵魂
这是晴冷中的大事

听说岭上下雪了，落叶松排列整齐
岭下晴日
阳光和雨雪都守着自己的分寸
野花偶尔有些颤抖
寒风吹过时，我正在屋外走动
看着荒野敞开，白雾被缓缓吹走
看着它换了表情，又吹走一些新的事

雪落根河

天光下的落雪
是绣在屏风上的白色鸟羽
日影中浮沉，泛出凛冽
没有多少细节
地上铺着森冷和淡灰色的影子
整片的雪落在我手上
像瓷器上的冰纹，微微碎裂
闪着光化开，融进白雾里
背光处，树枝陈旧
云杉把所有的风都推进山谷
我把雪变成一把把白绸伞
高高印在藕色的天上，越来越深

在根河，雪是它的宿命
荒芜和美各自为王

铃铛的和声

铃铛悬在驯鹿脖子上，风吹响它
轻轻的几声
便可把辽阔的雪原唤醒

一群驯鹿的铃铛都响了
它们从白桦林中走出来
在暮色苍茫时回营

它们躺在营地里，铃铛声
渐渐止息
最后一声微响仿佛催眠曲
那渐渐消失的尾音

而夜半雪暴来时，铃铛声骤起
如一场高阶的古典乐
好听到
整座大兴安岭，都在大雪中沉醉

根河的日出

安静的河水淌过榛树丛
顺着河道流向天边
天光和雪地拼在一起
此时辽阔，可以看见整个清晨

我从东岸经过，必须小心翼翼
任何一处都是冰沙的陷阱
这时的日出接近于抚慰
将我从寒冷和黑暗中捞出
光芒升起，正好是我需要的高度

榛树的影子安静地躺着
河流绕开它们，并取走了一些枯枝
放在漩涡做的签筒中轻晃
有些命运般的事物被抛到河面
在太阳的解读中，闪闪发光

阿尔山的月亮

月光尽头是雪切开的森林
白狼峰在尽头的另一边
孤峰背后，到处都是灰色冻土
阿尔山从高处坠入夜空

雨果索背着柴禾走出树林
泥土的味道从他靴底渗出
这是月光洒下的香
顺着静止的树叶往下滴落
滴进雪缝，顺便将月亮藏在那里

雨果索推了推鹿皮帽，寒冷太长了
月亮下的雪在密林中蔓延
它们经过的树的胡须
像人一般站立
他又紧了紧身上的绳子
走进前方的黑夜
用脚印，将月光踩得深浅不一

夜空中消失的星

下山的驯鹿很多都死了
像夜空中消失的星
它们的命是森林给的
清澈如初雪融化时的一个停顿
春天的时候，鹿群逃进了山
重新躲进神话里
躲进新鲜的地衣和月出之中
还有闷雷过后，那场最淋漓的雨
躲进嫩树枝在野地里的摇晃
每片树叶里，都住着一阵风
躲进堆簇在一起的苔藓
尽管它们长成了歧途的样子
驯鹿仍被古老的食物收拢
又散开，它们三五成群
悄无声息地，咀嚼着大地

泰加针叶林的清晨

圆柱形的光总是出现在清晨
这时的雾气和尘土更轻
树木都生在水的对岸，笔直地
和阳光长在一起

我叮嘱自己慢下来
用目光探寻密林深处
我看到树叶的顺从之美
它们一起摇晃，长成星星的样子

落叶在我脚下咯吱作响
一踩上去，森林便裂开了
露出山的骨头，灰黑色
躺在细小的光柱里，带着点泥泞

它们发出的颤音
是整个清晨最薄弱的部分

湖泊睁开眼睛，看流云的倒影
辽阔的泰加针叶林，在这凝视中
开始起伏和眩晕

树林中的歌声

很久没下过细碎的雪了
在大兴安岭，小雪几乎无处容身
我的视线被切成碎片，凛冽且不完整
极寒地，太多的冷在盘旋

北地的牧人，有时靠歌声取暖
那调子明亮而陌生
带着草木香和雪花的晶莹
如同北地的精灵在狂欢

驼鹿在这歌声中卸下大角
用眼眸温柔凝视
所有的雪窝子都被掀开了
风只发出很轻的声音

牧人们穿过某个林子
这歌声便从枯树叶和雪暴中传出
带着古老的悲悯与悸动
消散在冰凌花的轻轻晃动之中

受伤的雪雀

一只雪雀穿过阿木尔镇
穿过雪，掉头向南
将我的视线撞得粉碎
暮色裂开了

矮房子的后面，长满了杨树
雪雀从树梢上经过
血滴在碎雪上，再砸下来
带着伤口的执念

我讨厌破碎的伤感
也不喜欢一只鸟引起的雪崩
我偏偏头，让阳光洒在我面前
我喜欢暖调子的命运

雪雀穿过光晕，掠过古老的树
跌入一片高积云之中
那是天空的路径
所有生灵都能在那里复活

蝴蝶之死

蝴蝶死在黄昏的草野

那时候还是夏天

乔木和草野都很明亮

有时候，乌云会被吹过来

落下些惊雷和雨

像是巨人在拍打柔软的盔甲

护林员金忠站在瞭望塔上

沉默着祈祷

那些年轻的杨树还是倒下了

蝴蝶就死在那里

金忠感到自己属于美的部分

也在慢慢消失

他在风暴中锁上自己

任由露水落在冰冷的栅栏上

发出呜咽的回声

孤独森林

在大兴安岭，树是长久的寂寞
雾气浮出来，跟着石头乱跑
护林人刘良松背着水囊
穿过寒风和红色浆果
脚下是乌木碎叶的脆响

他踏过湖水，安静便发出了响动
沉睡的阳光被惊醒了
虽只是一瞬，却微微有些烫手
新的寂寞开始生长
淹没了湖岸线和光的涨退

这种静让人有些难受
刘良松像诵经人那样喃喃自语
他细数着森林里剩下的东西
孤独、美和瞭望塔
他脚步急促，身后布满了天空的回声

雪落大岭

冬天落雪，空气中都是霜
树被冻成银子的颜色
拢紧自己，再裂开
撒成白茫茫一片

我在高处的林场
看到黄栌结出许多冰凌
它们在雪雾中隐身
绊住那些好奇心重的灰雀

整个冬天都松开了
在白色树林里，泉水淌过
小雪从右上方星星点点洒下来
看起来像一场雨

我的视线有些模糊
跟流云一起悬在远处的山坡上
那里都是白色，没有草
但我能听见雪落进草丛时的声音

萨满山的冰凌

枯枝上的雪，是萨满山的底色
月亮是突然出现的光
阿丽玛穿着蓝裙子走过雪地
手里提着一盏古老的灯

她抬起手，冰凌都被唤醒
微微动弹，破碎声便坠入草丛
更多的时候，阿丽玛只是接近它们
不忍心将这夜色中的冷光拍落

但，雪还是会落进衣领
冰凉使她的脊背僵硬
冰凌的尖刺，在她的肌肤上雕刻
使她像一片羽毛般战栗

这时候，风都被收集在一个方向
萨满山坐在漫天雪雾里
用严冬才拥有的耐心，缓缓编织着
一座倒悬的迷宫

雪的下落

在大兴安岭，雪看守着冬天
它落在蓝孔雀的翎上
羽毛便缓缓脱落，被风拔走
落在乌日娜踩出的雪窝子里

这些雪，有极缓慢的一生
它们消失在乌日娜头顶的红帽子上
消失在金色的光中
它们将天空越变越小
将所有冰凉的东西聚在一起
恍若寒冷的真身

没人知道雪最后的下落
乌日娜看着它们和雪峰锁紧
变成白昼被收回，变成黑夜和辽远
变成白银被淬炼后，冷冷的光

森林因为寂静而打开

山峰落在湖泊里是蔚蓝色
湖泊落入驯鹿的眼睛，泛着金黄
我路过时，鹿群并不惊慌
只是看着云和我一起走

远处，巨大的桦树不断回头
想甩掉身上的风和叶子里的声响
我安静地看着它在悬崖上舞动
它纠缠自己，直到变成沸腾的暗影

我谦逊地转身，像告别了一件大事
我轻柔地避开地上的蚂蚁
并沿着鹿群的蹄印走了很久
我掩饰着闯入者的身份，怀揣着慈悲
在各种生灵的目光中行走

这时的阿尔山，森林因为寂静而打开
万物的尽头，太平鸟唱着清亮的颂歌

野杜鹃的山坡

只要去岭上走走，群山就消失了
当大片的野花盛开
我最先想到的，是宽阔

在山谷中，单调的灰树林里
樟子松纹丝不动的树冠
将天空深藏起来
只有云雀会带着我往高处飞

那里所有的花都开着
在天际线的边缘
和夕阳的对面，微微起伏
弯曲的小路上有两个牧人路过
他们沿着灵魂的虚线
在淡红的光晕里走

空旷和风声揉在一起

大片的野杜鹃像被放牧的鹿群

从山坡的尾部开始

涌入刚刚敞开的傍晚和寂静之中

寂静的烟雾

夏天里，蚊烟被用来召唤鹿群
隔着树叶，朝许多事物轻轻地晃
包括我的背影和远处的蜻蜓

我们被渐渐放大
在半透明的烟雾里得到松弛
这个夏日的午后
我们被逐渐抬升的镜像收集起来
像一群想要触摸天空的鸟

我坐在垭口向上望
那群雪白色的驯鹿若隐若现
恍若奔跑在蚊烟做的秘境之中

我无法预测那些烟雾的走向
正如我猜不透左边那丛灌木的身世
我只看到最后它们把身体拆开了
薄得透明，再也无法看见自己

森林的眼睛

有时候，森林的眼睛是星星的形状
在暗夜中，才会晶莹
冬天过去很久了
已经解冻了许多隐匿的故事

我踩在落叶之上，发出沙沙的声音
我确信我被发现了
漫天的星光被瞬间释放出来
撞碎了黑暗，这是在挽留我吗？

我是这个夜晚里的无知者
喝着草间的露水与万物共生
整个树林都是旧的
只有明天的阳光能将阴影取走

那是森林的另一只眼睛
是整个山谷中最光亮的部分
它投下无数的光柱，唤醒亘古的顽石
森林微微起伏，我将自己收回

断崖的晨光中

断崖处，树木上的落雪声戛然而止
云杉抖开身体，任微光穿过
偶有鹿鸣声传来
调子集中在最干净的空旷处

悬崖上多出来的部分，是花
鹿群从它们身边跑过
对花来说，这无非就是
一道喧杂的风景又被时间取走

无数个陌生的故事跑走了
它们要去内心澄澈的光亮之地
那里的树下铺满新鲜苔藓
光芒绽开，白雪如食盐般洒落

那是日出的某个瞬间
云层还在束缚着每一束光
鹿群跟着回雪和流风悄然出现
然后在山腰处，迅速消失

白狼峰下的夜晚

幽深的山谷中没有月亮
猎人们只能看到星星和太阳
入夜时，雪落向草木
由浅浅的白渐变成灰色

猎人维佳走回村子
他看见几只驼鹿载着柴禾
行走在这白茫茫的夜色之中
恍若低矮草丛的对应物

他身边的巨人撑着白伞
那是槭树，大片大片地站在那里
庇护着泥泞小路和夜晚
还有精灵之子，是鹿群

它们轻灵且有些倦意
它们的眼睛深蓝，像是温暖的漩涡

莫日格勒河边的羊群

莫日格勒河流淌在平原上
像一条画在纸上的河
闪着白光的笔，在浓绿中赶路
轻盈之物飞翔
宛若流云的分身之物

旁边的羊群踩着天际线走
背后是柔和的光
牧羊人齐格的笛声悠远
将右边的草原
吹成丝绸或是河流的样子

这弯曲的流水漫长而寂静
在某个阳光很好的上午
流进少女乌娜吉炽热的目光
和羞怯的低语之中

森林边的清晨

大风把白色雾凇摇落的时候
新的一天就被打开了
我与森林互望
觉得彼此都有奇异的美

一只云雀从我们之间飞过
光线停在翅膀上，随着呼吸起伏
它不会人类的语言
只是有节奏地拍打着我的视线

木栅栏围在雪地上
将鹿群圈进清晨
一只鹿的体温，正在加大
晨曦的浓度，和宽度

在山里，总有些东西刚刚醒来
比如黑麦草，随着微风轻轻晃动
比如桦树上的冰凌

拖着长尾巴的流星

在微亮的雪雾中，飞奔的事物
我看不清，叫不出名字
落地破碎的声音，和我坐在桦皮上
那一声咔嚓，却如此相似

流光

当流光浮在冰的表面
天空就更亮了
杜鹃湖上，到处是风声
推着路过的鹿群，缓缓地走

塔娜背着干草从湖边走过
像是背着剩下的冬天
小女孩在流云下走，衣服很旧
却丝毫不影响她的美

她路过并不完整的水面
看见村里的石匠把湖泊敲碎了
将碎冰摆成许多小小庙宇
供山神在水中打坐

塔娜抬头，望着浮冰上微光闪烁
"那是昨晚掉的星星"，她想
那光芒一闪跃入她的眼底
软软地，涟漪般散开

冰河上的风

那些风都没有名字
它们只是沿着河岸滑行
体会着轻盈的命运

旷野中，小雪还在下
星星埋伏在冰冷云层后面
微弱闪烁，乌日娜咬紧嘴唇
觉得自己突然就蓬松了起来

白晃晃的风刮过她的前额
用单一的方法
让她的视线摇晃了两下

它们继续有条不紊地刮着
一直刮到河湾那里
将所有的芦苇都吹进草窝子里
那些风，才闪回凌乱的秩序之中

第三辑

生活在白云之下

生活在白云之下

最好的风都出现在雪停的时候
此时的敖鲁古雅
整个村庄都是北地的春天

柳芭坐在灰石头上
看着云朵大片大片地聚拢
天地的分界线是浅蓝色

有几朵云像早上吃的列巴
空气中都还是醇香味
一阵风吹过，它们又变成母鹿的样子
树枝上立刻缠绕着浓浓奶香

柳芭拍拍衣服站起来
四周的空旷立刻被缩小了一些
她顺着香味望去，看见有些云掉下来
落入母亲燃起的炊烟之中

一条通往月亮的路

落叶松朝南，划出北方界限
更高的山上
才有尚未成型的严冬

达琳玛把所有家当驮在鹿背上
迁徙开始了，荒野空蒙
像旧书又被翻开了一次
树木在走，有风雪

驯鹿挺拔如极远处的山石
流光落在右边的大角上
闪烁着明亮的棕色
像花树开在遥远的云端

它们路过山峦，发出细微轻啸
踏过封冻的湖泊、乱流的水
它们驮着达琳玛的世界
踩着雪，安稳地走着
仿佛想要踩出一条通往月亮的路

最后的驯鹿人

激流河以北是一片荒野
杨树都长在南岸
和石头身上的花纹一起
垒出起伏的村庄

丛林中，苔藓亮出自己
让柔软的鹿唇在阳光下靠近
大兴安岭的冬天
被鹿群的咀嚼声填满
灰发老者手握陶壶
滚烫的酒让他的牙齿打战
驯鹿人越来越少了
鹿张望着天空，人也是

铃声响起，更多的鹿渐次出现
鄂温克最后的驯鹿人
身披渐暗的暮色
脚步迈向鹿角的尽头

那米尔的鹿群

用地皮衣点燃的蚊烟
是清晰的路引
迷路的鹿群散漫在神话之中
鄂温克族的瑞兽，用蹄印叙事
踏出无字的封皮

冒着白气的苔藓，覆盖了
那米尔行走的小径
浅草上的破碎声
在小鹿的唇边发散出
那种弱小，被命运牵走的气息
在风动中一再被确认

南坡的鹿群
来自哪里，又将要归向何处
他似乎知道全部
那些远古的冰雪密码
可以解锁身世

鹿群困守的那一夜
风雪推门而入
他怀揣松针与密函
吟唱着万物初始之歌

木其格和鹿

木其格摊开手
豆饼躺在掌纹中间
鹿用温顺的唇吞嚼着食物
眼睛里闪着蓝水晶的光
雪鸮掠过桦林，树枝摇动
一场小雪落下了
那是昨天雪暴的残部
美得像杏花

木其格不喜欢这种美
她期待一场大风直冲云霄
所有冰雪都随风而去
让北境的最低处露出一片绿地
小鹿会低着头
缓慢地吃着苔藓
碎雪沾满了它的嘴角

乌日娜的清晨

乌日娜趴在撮罗子里
听着风争抢她晾晒的兽肉
狍皮做的围子沾满了树叶和草
风吹得稍微大些，便全去了天上
圆锥状的帐篷顶部是个孔
那是苍穹的全部
所有的回声都从上面灌下来
能听到野兔避过冻土的开裂
甚至听到整个早晨
向黄昏缓缓移动

老谢卡坐在火架子旁
用收集的风声翻烤着牛头
乌日娜侧过身来，歪着头向上望
在那些她眼睛够不着的地方
太阳贴着天空照耀
一排一排的云，像草一样长在那里

驯鹿精灵娜思塔

雪停的时候天空更蓝

娜思塔站在零下三十八度的旷野中

干净得像个幻觉

她和鹿在一起

看着它们被卸掉了犄角

然后安静地俯卧，陷入沉默

娜思塔陪着这些寂静

像守着古老的潮汐

这时旧银子做的夕阳高悬山巅

任风怎么刮都不肯落下

驯鹿低沉地叫着，恍若回旋的余音

卷起娜思塔内心怜悯的风暴

她端起盆子走进鹿棚

在暮色中撒下豆饼，和北地的光暴

哈拉奇的正午

此刻正午，阳光露出善意
哈拉奇躺在草地上，眼望白云
他的鹿走失了几只，仿佛逃到了天堂边缘
它们在云中漫步，蹄印若隐若现
尘世中的灰烬太多了
驯鹿只爱最洁净的食物
它们从光明处逃走
躲进浮冰般的神话里
甚至预感到了哈拉奇的苦恼
和豆饼的褪色

夏日快要来了，他的树林开始变暖
苔藓将用绿衣建造出山坡
"它们会回来的"
哈拉奇拍了拍身下微凉的土壤
像一只傻狍子那样，松开了自己

敖鲁古雅喂鹿人

山丁子花状的耳坠里，停泊着时间
沿着上古的虚线倒退
能滑行很远，直到坠进荆棘深处
她喂养一群驯鹿，眷恋它们的大角
如同祖先那样朴素
姜黄色的褂子上缀满古老的细节
每一个都是旧的
在日晷的背面，她手握豆饼
一点点捏碎敖鲁古雅的暮色
看着蚊烟在山坳里谣曲般升起
她轻咬嘴唇，突然笑了
一群驯鹿从浮动的灰尘中跑出
像上古的神兽，被驱赶着落入铃声

极寒中的猎人

暮色融进北地的积雪
冰风暴在右侧，锁住河流
一匹马小心翼翼地在风雪中探路
松散的鬃毛闪着微光

时间变冷了，用大雪盖住一切
从某个隐秘的角度
我看到天幕空荡荡的，有些褪色
林木缓缓低头，一言不发

寒冷从四面八方合围过来
在屋顶上打下白色印记
那屋子里的柴火上，热着滚烫的酒
老猎人在火光中吟唱

在北境，严寒太漫长了
而他是那个从永恒中走出的人

捕鱼记

呼玛河畔燃起的微光
是冰原上的小火
乌热松烤热鱼叉，刺向冰层
碎裂声瞬间响起
破冰，好奇的鱼都还在幼年

预理下的网笼是琥珀的颜色
内里装着鱼类和幽夜
河水摇晃着流云和白昼的倒影
被倒进白桶里
惊醒了一群河蚌的冬眠

乌热松将潮湿的黄昏扛在肩上
大步离去，他的身后
柳根鱼像光芒般穿过流水
下沉至冰河最深处，练习倾听

神鹿的女儿

柳芭站在傍晚里眺望
森林的线条划向山岗高处
闪电算不得什么
鹿的眼神才是她见过的最明亮的光

她喝过鹿的奶水
所以身体里长出了清澈
那清澈是静止的
牢牢长在每个不安的日子背后

鹿的良善包裹住她
将岭上的悲喜都收集起来
挤在她身后装满柴禾的背篓里
露出疲倦的神色

柳芭捡起一根树枝对准天幕
描摹出村庄

和暴雨前驯鹿的鸣叫
此时飘来的乌云像一只巨大的鹿铃
即将响起金属碰撞般的雷鸣

把黄昏烧成草木灰

从昨晚开始火烧黄昏，和白桦
有时烧出极光来
想一想，它们就全是草木灰

花不光的火焰
被我藏在胸口
今晨起来，我浑身通透
不灭的火星引燃了漠河的晨曦

那只名叫"奥伦"的驯鹿
刚被旭日的利刃
割走鹿茸。于是霞彩
铺满了漠河的上空
我取出草木灰，敷在它的伤口上
那是月光的骨灰
让它消毒，止血，止疼，结痂
长出新的角质来

瓦连说，鹿的眼里从来没有坏人
因此它们把身体的一部分
赐给我们

一声"喂"

一声"喂",化成许多意思
高低快慢抑扬顿挫
都是说给驯鹿听的

他这一声"喂",拖得很长
像是林间连绵不绝的唱腔
随意谱曲,任意变调

驯鹿从营地里鱼贯而出
隐入白桦林中。像是一群被音乐唤醒
又牵引进入秘境的孩子

要是想它们了,他又扯起嗓子
依旧仅一声"喂",孩子们
又鱼贯而出,朝食槽走来

有时感冒了,嗓子沙哑
他的那声"喂"极低沉,仿佛只有

自己的灵魂听得见

可驯鹿群的耳朵随时能接听
仿佛天地间，有巨人的传声筒
除了血亲，别人听不见

仿佛听懂了两种语言

唱民歌"扎恩达勒格",说鄂温克语
小鹿低眉顺眼
仿佛听懂了

瓦连说汉语,游人说汉语
它们若有所得
仿佛也听懂了

它们是太阳的儿子,或月亮的女儿
从一出生,就懂得
比别人多一些

作为小族群,它们学会了倾听
从不暴躁
时间久了,就成了通灵者

暴雪过后,鹿群集体雪浴
它们是北境
第一批获知天意的孩子

肖良库寻鹿

他呼唤着鹿群，却无回音
雪林太空旷，巨大的共鸣腔
只有惊雷才打得开

雪深深，踩下去像坠落
扑哧一下就滑向未知
他跪在雪地上，以手齐额
继续呼唤着鹿群

一只雪白的驯鹿来了
它神秘，像是大雪分娩的婴儿
一群驯鹿来了，被阳光
染得金黄，宛如下界的神兽

他起身，又滑了一下
继续跪下去。鹿群停下来
像是收到了突如其来的顶礼

食盐撒在雪地上

食盐撒在雪地上，一种白
遗失在另一种白里
只有驯鹿的嘴唇
将盐粒找回来

它们都喜欢吃盐，喜欢撒盐的大妈
喜欢盐从瓢里泼出时
那一场纷纷扬扬的雪

它们吻着雪地，触雪为盐
饮盐为雪
完全分不清它们带走的
是雪中盐，还是盐中雪

唯有那久久的满足
从优雅的鹿茸上，轻扬起来

做豆饼

榨豆油剩下的豆渣子
在圆箕中翻滚
伸出手捏一捏，便是驯鹿回家的食物
罐子里的水来自天空
或是密林里流泻的山泉
碎花般耀眼
叠在墙根处，漫不经心

一夜风吹
雪融化后，盐是最精美的事物
它藏身在豆渣的低语中
与许多食物走散
某种粗糙的淡漠让它想起过往
山下镇子里简陋的小卖部
以及那些几乎没有人走的小路

当鹿铃声响起，牧民们撒出豆饼
鹿群发出微啸
所有的期待和祈祷，都将在味蕾中重逢

娜思塔喂鹿

撒在地上的豆饼屑
是卷曲的尘土
早起的娜思塔走向鹿棚
像一道行走的光

苔藓在减少，一些被鹿吃掉
或是被雪深埋起来
还有一些死了
那颜色，像瓦片上的霜

掏出豆饼的时候，娜思塔有些羞愧
像是篡改了千年的食谱
她轻唤了一声
鹿群在晨光中起身、围拢

娜思塔又加了些盐，鹿喜欢盐
这是仅次于苔藓的低语
驯鹿们大口咬嚼
仿佛它们从未失去过什么

鹿奶列巴

仲妮浩从来不烧好木头
她只向朽木索要余生
鲜木还有别的用
比如长出大雪中起伏的群山

火焰的声音有粗砂般的静谧
炉膛闪着光，将列巴变厚
焦黄的壳像一把锁
牢牢锁住鹿奶、盐和面粉
它们是有野心的
将醇香都挥霍在空气中

揉面团时，仲妮浩抬起头
她看到撮罗子外的炊烟
整个白天正在这烟雾中告退
她没有说话，只是端起一碗鹿奶
将夕阳全部收了进去

古木森的早晨

阳光住进来的时候
野杜鹃正开在薄雾中
古木森牵着鹿，沿着山脊缓步
他身后是灰扑扑的影子
拖着些融化的光

夏天里，嫩叶疯长
白色花瓣会偶尔醒过来
提示他们这里有些蕨类和草
这是鹿在夏季里的食物
伸展在光芒之中

那只鹿在晨曦之中望向他
想索要些其他的味道
古木森在叶片上洒了些盐
然后抬头倚着树干
像一个快乐的猎手那样，清点着鸟鸣

冰河捕鱼

河湾里堆满了旧雪
在北地，这是雪休息的地方
太阳将金子洒在冰河上
然后站在高处拉网

布冬霞站直了身体
像拾荒者那样捞起阳光
她的脚下，是昨天凿开的冰洞
那是冰河上的小小田野

渔网上缠着初生的小鱼
布冬霞小心取下放回水里
像撒出了一把银子
然后全部消失于冰下的深渊之中

这时大风刮来几声婴儿的啼哭
她转头辨认了一下
那是水来的方向
那声音，是所有河流的上游

娜思塔的祷告

橘色的光洒在撮罗子上
森林落进清晨
这是娜思塔的世界，雪一般松散
高处甚至有沙沙声

驯鹿群去了另一个山峦
在遥远的云朵里走动
这是时空中的某个分叉

娜思塔拆开撮罗子
看着桦树龙骨沉默了许久
她对着枯枝，做着长久的告别
朝着冰凉的灰石头做出圆形的祷告

娜思塔用右手画了一个圈
风似乎更大了些
她谜语般的声线被风声收拢
也许就在今晚
大风就会刮来一个新的村庄

夜色中的布冬霞

布冬霞沿着古老的路搬运自己
跟着驯鹿走，方向是密林
在漫天大雪和星光之中
路过断崖和红柳

松软的雪更像是沼泽
她踩出的沙沙声听起来
和鹿群相似，像碎玻璃的收集者
攒着发亮的生活

驯鹿拒绝了许多山谷
极寒是盲目的
苔原被驱逐到更高的海拔
那里更冷，到处都是灰色的雪

鹿群带着布冬霞，踏着星光走
每一个脚印里都住着愿望
他们的祖先在这些脚印里沉睡
天幕之上，星辰闪烁不已

系鹿铃

晨光里，鹿静立
姿态跟森林成一个整体
光照在树干上，跟鹿铃同色
橙黄、带点铜质的金

少女系鹿铃的动作很轻
用红绳拴住鹿的昼夜
从此，它们就和咒语在一起了
用铃声在密林中陪伴人类

鹿群守着老林子的最深处
用铃声放大空旷
将人类遗忘的细节
抖落到巨大山石的裂纹之中

鹿的眼眸温和，像大亮的光芒之地

那是关于忠诚的闪烁
鹿铃轻响，其中最清脆的部分
来自它们内心的光明

鹿图腾

苔藓上的薄冰开始融化
阳光低垂
桦树枝释放出绿

温热的正午，有人合十
将自己折叠起来，默不作声
此刻，他的世界是只鹿角
硕大的，如枯朽老木

没有祷词，只有朝北的影子
他伏在自己的身上
虔诚地扮演着具象的角色
召唤出更深的阴影

他的背部曲线在阳光中起伏
呼吸声穿得很远
山间的鹿群突然奔跑起来

鹿铃轻响

泄露出某个先知的预言

守山

树林里站满了长尾鸟

金忠缓步，路过它们的余音

他守着林子，看护山火

还接管了一些音符和鹿的嘶鸣

有时他会后退

看一片卡在阴天里的枯叶

看盘旋的风填满了山谷

最后消失在树冠深处

他每天都这么走，十五年过去了

这条路都开出了碎花

草丛中长满了小雪和灰石头

低处的森林都长在这儿了

金忠正了正背篓，像个农夫那样

或是一个古旧的守夜者

背着蘑菇和松针

稳稳地走在巨大的风声之中

取木灰

木头烧完的灰是白色
加上茶叶和烟丝就是口烟
雨果索坐在火堆旁
看着树枝把自己燃成雪

他喜欢这些灰烬
那是枯木最后的样子
它们的身体一点点消失
雨果索便将自己从失神中领回

外面的风又大了一些
似乎在催促着灼焰涌动
火苗突然蹿高又熄灭
像完成了什么惊骇的使命

天色暗了，只剩些火星在闪
灰烬中，树的灵魂被取走
夕阳变成一把细沙
盖住即将消失的黄昏

丛林中的杜拉尔

傍晚，大雪落入桦树林
灰石头都被锁住了
只有鹿群走过时
一些草，才发出细碎的回声

小杜拉尔站在密林边
寻找着驯鹿的蹄印
它们似乎披着雪，被大风
刮进了寒冷山峰的深处
那些雪大片大片飞落下来
将阿尔山变得越来越厚

哟哟哟、哟哟哟
父亲唤鹿的声音从身后响起
小杜拉尔拍了拍手
将一包食盐洒在雪地上
鹿群像是归鸟，从高处俯冲下来
隐入越来越深的暮色之中

老猎手的雪夜

光在雪的表面，薄如宣纸
让萨满山的夜漂浮起来
有点像云朵的失重

老猎手拉万的骨头咔咔作响
像去年岭上的悬铃木
枯枝随着风声起伏

他坐在暗夜之中，与雪蝶对话
并试图借助门外的飓风
吹掉骨头里的冰屑

他祈祷所有的雪都避开狩猎日
他双手合十，默念
凌晨迷雾中，星辰尽落
雪将停，并轻轻躲进冬的神龛

柳芭和新月

新月基本上是看不见的
当夜幕完全降临
它将自己变成黑镜子
阿尔山便是镜子里颤动的影

天太黑了，黑到没有边界
月亮只剩下一个轮廓
柳芭端着食盆站在门前
看着萤火虫在黑暗中闪光

鹿群要回来了，当铃声响起
她觉得整个夜晚都是满的
那些折返的音符
在黑暗里，像某种飘摇的轮廓

柳芭抬头看天
新月才真正懂得天意
它像神灵，用极其微弱的光
就带回了她愿望里空悬的部分

少女的银发梳

柳芭的黑发闪着明亮的光
穿着皮袍的少女静立于草野
把自己嵌进一幅画
她有一把银发梳
是母亲留给她最大的美

野火传来松枝的香气
像是白银在淬炼
灰烬跌落到地上，迅速而宁静
然后变成蒲公英的样子
被她吹向天空，旧事太远了
柳芭靠着银发梳提炼月光

她的视线路过冰河
路过天空中，母亲的双眼
夜幕被紧紧锁住
遥远的星球表面被全部镀银
以启明星的表情向她闪烁

凿冰

深山缺水
冰冷太阳悬在十二月的天空
金钟扛着凿子走上冰层
他的脚下，大湖中住着冬眠的鱼

正午，河床露出自身肋骨
和明亮事物的表面
沙沙声断续落下，让人以为
雪来叩访时有别的用意
他凿冰的声音，有些失真
一切都仿佛幻境

他的脸在冰上晃动
柳银鱼从反面读他的眼睛
松叶湖底的空旷
被反复探知，似乎
男子凿开的，是银质的穹顶

金钟仰起头，在冷风中起身
将剩余的力气装进背篓
阿妈还在撮罗子里等着
准备用温暖的炉膛
让湿漉漉的冰块一点一点醒来

煮雪

乌日娜喜欢在阴天煮雪
最好是用古木的枯枝
它们早在几百年前就死了
却又在鸟鸣中苏醒过来

几束光从天窗那里洒下来
照在火苗和炉架上
雪堆中就升起一串云朵
那是热腾腾的冷在隐隐作痛

乌日娜用木勺搅动
热气升到墙上鹿角的高度
整个冬天显得更古老了
风、雪雾和小火被揉在一起

射出水晶那样的亮与寂静
屋子里静悄悄的
化出的雪水闪着光，像一面碎镜子
在沉默中缓缓显出自己原型

山中露宿

到处都是树木的低语
包括雪落下时簌簌的声音
隐隐的风声中，世界是雪做的

一条小路伸出手，托起夜行人
行走在雪白星球的表面
穿着皮袍，踩着地上的碎银子

背风的垭口，牧人们生起火堆
喝着烧酒，说起家中的女人和孩子
男人们突然大笑起来
他们站起身，朝家的方向远望

此刻，雪夜明亮
几个人是它闪烁的光点
山岗辽阔，吹过火焰的
全是温暖的风

打盹的钟尼娜

在好天气里，树林是垂直的
不随着风声乱摆
它们站稳自己，让日子落满阳光

阳光喜欢跟孩子们对话
有些是麋鹿和野兔的孩子
它洒进美丽的眼睛，又退回高处
缓慢地看着它们跑走

它停在荆草上，安置晨间的露水
让时间透过光刻进风里
它掠过一些灰扑扑的水洼

出现在老钟尼娜打盹的时候
扯出些阴影盖住她的疲惫
风轻轻一吹，那阴影便淡了些
她翻个身，新的光又悄悄长了出来

古木森取水

古木森抬头看了看天空
巨大的树冠在高处拍打着风霜
林中空无一人
只有他在透明的光影中起身
朝着神衹般的水源走去

落叶寥寥，到处都是冰
地面上的水都被冻住了
连缝隙都被寒风填满
雪地上，杂草和苔藓消失

他劈开冰层，泉水涌出
在他的面前像金子那样晃动
像是，一小块雪原上
突然飘出的，白白的灵魂

古木森感觉整座大山开始关闭

严冬已经收走了一切

只有清澈，是山神留给他

唯一的食物

山谷中的鹿铃声

夏日的夜晚来得有些迟
黄昏，杨树指着高处的阴天
柳芭走在小路上
像把山踩出了一条裂缝

她在找鹿，从流光中的灌木丛开始
山脊从葱郁中下来，像谜一样
正和她做着交错的浅谈
微风中，飘着隐约的鹿铃声

蝴蝶绕过她的鼻尖
飞至她的耳畔，进行无效的告密
它说鹿群躲进了深山
是为了探寻自己命运的谜底

柳芭抬起头时，一只白鹿出现了
它的身后跟着鹿群
像是长着犄角的精灵部落
被清脆的铃声，从夕阳中赶了出来

雪落十八站

一到十月，十八站就开始下雪
似乎非要雪堆起来，才能进入冬天
我走在道路的左侧
看着东山脉落入呼玛河里

然后是向南的大雁落入云朵
牛群和羊群落入草原
整座大兴安岭落入蓝色的天际线

最后落下来的才是雪
像天空被裁碎了洒进流动的雾气
把时光变得灰蒙蒙的

一个老人在烤玉米，眼睛黑亮
像是无数星星从深夜来到这个正午
他微笑着看向我，目光中
无数晶莹的雪花正从我身后消失

散养鹿

星辰一般，散落在密林里
每一块雪地都负责接收驯鹿和天意
散开去，一只，两只，三五只
最孤独的那只是公鹿，是头鹿
却像北极星一样，和夜空
保持着若即若离的关系
乌日娜的叫声：嗨嗨嗨，嗨嗨
散开的鹿迅速聚拢，围成一群
像簇拥着真正的领袖
它们宛如受到抚慰和馈赠的路人
旋即又没入白桦林中，无人机
拍不到它们，摄像头看不透它们
只有阳光的斑点晕染在鹿角上
所有生灵因此而走神一瞬

鹿群中的乌日娜

晨光掉落一半
还有一半落进驯鹿群里
乌日娜站在村庄边缘
用红靴子踩着阴影和雪地

最冷的雪天还没有来
但苔藓已经没有了
寒冷多么残酷啊
只给驯鹿们留下零星的食物

雪地上，鹿群的影子变幻
仿佛冬天在不断忏悔和愈合
但所有的掩饰都是徒劳的

乌日娜端着豆饼，安静站着
突然，她伸出一只手
阳光猛然一颤
两只驯鹿从太阳里走了出来
并轻轻舔了舔她的手心

吹口哨的瓦连

天突然冷了，但还没有下雪
栅栏边，几朵花匆匆开着
草地低着头，等待寒冷的降落
顺便将苔藓都藏了起来

瓦连的鹿群又跑丢了
这里的食物已经越来越少
他在路上走，将视线投向暗处
尽量避开落叶铺出的空旷

他从村庄边经过，道路宽阔
人们都说鹿群往南走了
这比他想象的要好
驯鹿有灵性，知道严冬即将来临

南山峰陡峭，飘着半透明的云
隐约传来几声鹿鸣
瓦连吹起口哨，望向南面
心想，那边的山里也许住着春天

九十二岁的心里仍有篝火燃烧

族人们在雪夜围着篝火跳舞
旷野比天空亮了很多
寒冷还算慈悲，让雪越下越小
歌声冒着滚烫的热气旋转

九十二岁的仲妮浩笑着
手中的酒杯晃来晃去
她已经不能跳舞了
回忆的片段早已渐渐脱落

篝火旁响起了轻微的鼾声
那是仲妮浩梦见了她的火焰
她在她的山峰中奔跑
在每一片森林中跳跃和冲撞

她跟着鹿群疾驰，跟着大鸟腾身而起
直到她怀抱一只鹿羔站在梦境边缘
带着些枯萎的气息
在黎明前的喧闹中惺忪醒来

娜思塔的腰铃

两只铜腰铃相互碰撞
发出鹿鸣那样干净的声音
偶尔有人会意识到，那清脆
才是娜思塔最美的部分

一直以来，在上苍眼里
森林里所有的回响
都是沉默的生灵在快速移动
那些声音，将一片森林
和另一片森林紧紧连在一起
就像驯鹿，用奔跑和铃声
构成另一个世界

娜思塔轻快地跑着
腰铃传出小兽跳跃般的响动
它们在朝南的半空中旋转
将一棵杨树的嫩叶紧紧咬住
它们跳进明亮的早晨

让阳光全部洒下来
那第一个被照亮的村子
就是娜思塔的故乡

从原始森林打出的电话

雨果索把电话打向各地
将雪和纯净送到想象不到的地方
阿尔山沿着电话线走入尘世
鄂温克人把自己留在沉默里

那边山头，杨树枝伸出了光阴
整个世界纯白浩荡
在温软的阳光里
雨果索拥有着完整的孤独

电话旁，雨果索两手空空
驯鹿和雪是他仅有的礼物
临近傍晚时，谈话的声音渐渐小了
来自大雪的倾听却更加专注

雨果索抚摸鹿背

阳光收拢在大兴安岭
林木的影子都向内倒去
驯鹿围站着，像一群无辜者
在空山中完成了某种使命

森林落向它们
落向所有虚掩的暗影
雨果索抬头看去
天空像一把撑开的巨伞
撑满了他的视野极限

鹿群聚拢来，收集着雪光和阳光
它们肚腹透明，背脊像剪影
在自然的秩序中
有一点凌乱，仿佛就要踏入森林之心

雨果索抚摸着鹿背

将脸贴上去，听着呼吸的回声
他希望这座山林一直空着
他还想，能将干净的欢喜还给鹿群

微信公众号　　官　网